AF595201

1906 - Mars 12 .
335 Chambre des Commissaires-Priseurs
Envoi à la Bibliothèque Nationale

VENTE

des Lundi 12 et Mardi 13 Mars 1906

HOTEL DROUOT — SALLE N° 9

A DEUX HEURES

COLLECTIONS

Appartenant à plusieurs Amateurs

CONSISTANT EN

CURIOSITÉS MILITAIRES

PLAQUES - BOUTONS - DÉCORATIONS - MÉDAILLES

EMBLÈMES DE DRAPEAUX

ARMES - CASQUES - COIFFURES

MINIATURES = ESTAMPES = DOCUMENTS

SOUVENIRS NAPOLÉONIENS

BRONZES D'ART & D'AMEUBLEMENT

FERRONNERIE

PLAQUETTES — MÉDAILLONS

OBJETS DIVERS

dont plusieurs intéressant l'Histoire de Paris

COMMISSAIRES-PRISEURS :

Me André de CAGNY
24, Rue Le Peletier, 24
PARIS

Me Victor TERNISIEN
10, Rue de Chantilly, 10
PARIS

EXPERT :

M. Gaston COURTOIS
44, Rue Poussin, 44
PARIS

EXPOSITION PUBLIQUE

Dimanche 11 Mars 1906 de 2 h. à 5 h. 1/2

CONDITIONS DE LA VENTE

La vente sera faite au comptant

Les acquéreurs paieront *dix pour cent* en sus des enchères

Il ne sera admis aucune réclamation une fois l'adjudication prononcée.

ORDRE DES VACATIONS :

Le mardi 12 mars 1906 :

Les Coiffures, du n° 114 au n° 129.
Les Costumes, du n° 130 au n° 135.
Les Décorations, du n° 136 au n° 173.
Equipement et harnachement, du n° 174 au n° 198.
Les Cuirasses, du n° 199 au n° 204.
Les Armes, du n° 205 au n° 255.
Les Bronzes, ferronnerie, etc, du n° 298 au n° 343.
Partie des objets divers, notamment le n° 350.

Le mercredi 13 mars 1906 :

La Cuivrerie militaire, du n° 1 au n° 101.
Les Emblêmes, du n° 102 au n° 113.
Les Miniatures, Estampes, Documents, du n° 256 au n° 297.
Les Objets divers, du n° 344 au n° 393.
N.B. L'ordre numérique ne sera pas suivi.
Les lots pourront être réunis ou divisés.

DÉSIGNATION

CUIVRERIE MILITAIRE

1 — Plaque de bonnet à poil Louis XVI.

2 — Ornement de bandeau de casque, régiment du roi, Infanterie Louis XVI.

3 — Plaque de bonnet à poil. Garde Nationale. Paris. Révolution.

4 — Plaque de bonnet à poil. Garde Nationale. Orléans. Révolution.

5 — Plaque de bonnet à poil. Garde Nationale. Départements. Révolution.

6 — Une autre.

7 — Plaque de bonnet à poil de Grenadier de la Gendarmerie nationale. Révolution.

8 — Quatre hausse-cols. Révolution.

9 — Bouclerie de ceinturon. Officier. Révolution.

10 — Plaque de ceinturon. Officier de la Garde-Nationale. Révolution.

11 — Une autre.

12 — Boucle de ceinturon des Douanes nationales de France.

13 — Boucle de ceinturon de Préposé aux Domaines. Révolution.

14 — Plaque de baudrier. Révolution.

15 — Plaque de bonnet à poil des Grenadiers de la garde, cuivre rouge. Premier Empire.

16 — Une autre en cuivre jaune. Premier Empire.

17 — Cinq plaques de schako, variées, à soubassement. Premier Empire (seront divisées).

18 — Plaque de schako, losange, troupe. Premier Empire.

19 — Une autre d'officier. Premier Empire.

20 — Plaque d'officier de la Jeune Garde. Premier Empire.
21 — Deux plaques du Train d'Artillerie de la Garde. Premier Empire.
22 — Plaque de ceinturon. Officier de marine, type N° 1. Premier Empire.
23 — Plaque de ceinturon. Officier supérieur du Génie. Premier Empire.
24 — Plaques diverses non cataloguées. Premier Empire.
25 — Plaque de giberne. Dragon de la Garde. Premier Empire.
26 — Cinq aigles cuivre rouge et jaune. Premier Empire.
27 — Aigle de sabretache. Officier des Gardes d'honneur. Premier Empire.
28 — Aigle et couronne de sabretache de Hussards. Premier Empire.
29 — Cinq plaques de ceinturon. Premier Empire.
30 — Plaque de baudrier. Gendarmerie Impériale. Premier Empire.
31 — Neuf ornements de banderoles, hausse-cols, etc. Premier Empire.
32 — Plaque en bronze ciselé. Messageries Impériales (0.26×0.23).
33 — Hausse-col. Premier Empire.
34 — Plusieurs pièces cuivrerie. XVIIIe siècle à la Restauration.
35 — Plaque de tambour, aux armes de France. Restauration.
36 — Ornement de Cuirasse de Cuirassier de la garde-royale. Restauration.
37 — Boucle de ceinturon. Officier. Garde Nationale départementale. Restauration.
38 — Ornement de cuirasse de Carabinier de Monsieur. Restauration.
39 — Plaque de bonnet à poil, régiment Suisse de la garde royale. Restauration.
40 — Deux plaques de bonnet à poil de la Garde Nationale. Restauration.
41 — Plaque de sabretache du 2e Hussards de la Garde royale.
42 — Trois plaques de schako, troupe. Restauration.
43 — Croix de casque de Mousquetaire noir. Restauration.
44 — Plaque de ceinturon. Officier de marine. Restauration.
45 — Trois motifs de bouclerie. Mousquetaires gris. Restauration.
46 — Plaque de sabretache. Restauration.
47 — Plaque de schako. Officier. Artillerie à pied. Restauration.
48 — Une autre, troupe. N° 4.
49 — Trois ornements de giberne. Restauration.
50 — Plaque aux armes de Monsieur. Restauration.

51 — Deux plaques de schako. Officier de la Légion départementale. Restauration.

52 — Une autre de troupe.

53 — Plaques diverses non catologuées. Restauration.

54 — Trois boucles de ceinturon. Restauration.

55 — Deux hausse-cols. Restauration.

56 — Plaque de schako. Garde Nationale de Nîmes. Restauration.

57 — Plusieurs plaques. Restauration.

58 — Plaque de giberne. Garde municipal. 1830.

59 — Quatre plaques de schapska. Garde nationale. 1830.

60 — Huit ornements de gibernes. Restauration et Louis-Philippe.

61 — Plaque de sabretache. Hussards N° 8. Louis-Philippe.

62 — Deux plaques de schakos. Officier, N° 5 et 45. Louis-Philippe.

63 — Quarante ornements de banderoles. Restauration au second.

64 — Trois ornements de cuirasse de Carabiniers. Louis-Philippe à Napoléon III.

65 — Quinze plaques, attributs de musiciens, différentes époques.

66 — Deux plaques de schako. 1848.

67 — Plaques diverses non cataloguées. 1820-1848.

68 — Plaque de schako. Liberté. Dijon. Ordre public.

69 — Six attributs de gibernes. Restauration.

70 — Plaque de schako. Officier. Charles X.

71 — Plaque de schako. Officier. Louis-Philippe.

72 — Plaque de ceinturon. Tambour-major. Napoléon III.

73 — Trois plaques de sabretaches, Hussards, Guides et Artillerie. Napoléon III.

74 — Cinq plaques de schako, Saint-Cyr, variées.

75 — Cinq fleurons de poitrail. Guides et Artillerie de la Garde. Napoléon III.

76 — Quarante grenades de différentes époques.

77 — Trente paires de bossettes de mors. Restauration à Napoléon III.

78 — Douze boucles de ceinturon ds la Gendarmerie. Restauration au second Empire.

79 — Neuf boucles de ceinturon. Garde de Paris, différentes époques.

80 — Trente-cinq plaques de schako. Garde nationale et troupe. 1848.

81 — Environ soixante pièces cuivrerie de ceinturons, banderoles, Sapeurs pompiers. Premier au second Empire.

82 — Douze boucles de ceinturon. Officier. Second Empire.
83 — Trois plaques de baudrier de Tambour-major.
84 — Trente hausse-cols. Louis XVI à 1870.
85 — Deux hausse-cols. Napoléon III.
86 — Plusieurs pièces cuivrerie. 1848 au second Empire.
87 — Trois plaques de schapska. Second Empire.
88 — Deux plaques. Grenadiers. Second Empire.
89 — Plaque de schako. Gendarmerie d'élite. Second Empire
90 — Dix plaques de schako. Second Empire.
91 — Environs cent boucles de ceinturons. Restauration à 1870.
92 — Trente fleurons de poitrail. Premier au Second Empire.
93 — Plaques diverses non cataloguées. 1848-1870.
94 — Cinquante pièces différentes. Allemagne.
95 — Plaque de bonnet à poil. Etranger.
96 — Une autre.
97 — Plusieurs pièces de cuivre. Etranger.
98 — Neuf plaques diverses.
99 — Deux plaques de giberne. Guides et Artillerie de la Garde. Second Empire.
100 — Six attributs de gibernes. Second Empire.
101 — Cuivrerie militaire non cataloguée.

EMBLÊMES

102 — Drapeau de la Garde Nationale. 1830.
103 — Trois emblêmes de Drapeaux. 1848.
104 — Deux coqs de Drapeaux. Garde nationale. Louis-Philippe.
105 — Coq de Drapeau. 1848.
106 — Deux piques de Drapeaux. 1848.
107 — Quatre emblêmes divers. Garde nationale.
108 — Deux emblêmes de Drapeaux. Présidence.
109 — Quatre emblêmes de Drapeaux. Napoléon III.
110 — Aigle d'étendard, en bronze doré très finement ciselé, N° 2. Second Empire.
111 — Aigle dorée et ciselée, provient des Tuileries.
112 — Aigle en fer, très fouillée.
113 — Emblêmes non catalogués.

COIFFURES

114 — Mitre Française. Louis XV.
115 — Colbach d'officier supérieur. Hussards. Premier Empire.
116 — Fût de schako d'infanterie. Premier Empire.
117 — Bonnet de police. Officier des Grenadiers. Premier Empire.
118 — Bonnet de patriote. Journées de Juillet. 1830.
119 — Schapska de colonel. Garde nationale. 1830.
120 — Cinq schakos. Garde nationale.
121 — Trois schakos Second Empire : Infanterie, Artillerie, Gendarmerie.
122 — Schakos de différentes époques.
123 — Casque de Carabinier. Second Empire.
124 — Casque de Cuirassier de la garde. Second Empire.
125 — Casque de Cuirassier de ligne. Second Empire.
126 — Plusieurs casques et feutres. Restauration à 1850.
127 — Casque de Dragon. Second Empire.
128 — Casques et feutres. Restauration au second Empire.
129 — Coiffures non catalogués.

COSTUMES

130 — Habit vert brodé argent, croisé, col à la Saxe, gilet et hongroise. Révolution (ancien).
131 — Habit bleu brodé or, col rouge à la Saxe. Général adjoint Révolution (ancien).
132 — Manteau rotonde, brodé. Officier. Premier Empire (ancien).
133 — Plusieurs tenues diverses.
134 — Dolmans et habits. Restauration au Second Empire.
135 — Costumes civils et militaires non catalogués.

DÉCORATIONS, INSIGNES
MÉDAILLES

136 — Médaillon de Vétérance.
137 — Deux médailles dorées, ovale et ronde dont une avec ruban. Fédération. 1792.
138 — Quatre médailles dont une avec ruban. Fédération Lyonnaise.
139 — Deux autres en bronze.
140 — Cinq médailles diverses, « les Martyrs de la Liberté », etc., etc. Révolution.
141 — Médaille dorée et email « La Loi » avec large ruban. Révolution.
142 — Médaille dorée et émail « La Loi et la Paix » avec ruban aux couleurs tricolores primitives. Révolution.
143 — Plusieurs insignes et médailles. Révolution.
144 — Croix de Chevalier de la Légion d'honneur. Premier type.
145 — Une autre, second type.
146 — Une autre, troisième type.
147 — Deux autres, quatrième type.
148 — Trois autres, Restauration, Louis Philippe et Napoléon III.
149 — Cinq autres, modèles divers.
150 — Décorations non cataloguées.
151 — Cinq décorations du Lys et de la Fidélité, différents types.
152 — Médaille de Juillet.
153 — Trois insignes, avec ruban. Sociétés philantropiques militaires, sous la monarchie de juillet. 3 types.
154 — Médaille de Saint Hélène avec boite.
155 — Quatre autres, différents modèles.
156 — Médaille militaire. Napoléon III.
157 — Croix de Commandeur en doré.
158 — Croix des ambulances. 1870.
159 — Médaille des Commerçants de Milan aux blessés Franco Piémontais.
160 — Médailles non cataloguées.
161 — Médaille de Saint Hélène.
162 — Cinq médailles de campagne.
163 — Trois médailles militaires actuelles.

164 — Quatre médailles de Saint Georges.
165 — Collection de quatorze médailles commémoratives, avec ruban et agrafes, campagnes du Second Empire à nos jours.
166 — Deux médailles militaires Empire et République.
167 — Insignes non cataloguées.
168 — Quatre prix de tir.
169 — Médaille bronze, grand module par Chapus.
170 — Insignes maçonniques variées et rubans.
171 — Insignes religieux.
172 — Décorations diverses.
173 — Lot de médailles. 1848.

ÉQUIPEMENT, HARNACHEMENT

174 — Sabretache d'officier de Hussard. Napoléon III.
175 — Deux sabretaches. Adjudant des Guides. Napoléon III.
176 — Giberne et banderole des Guides.
177 — Sabretache du 9e Hussards, 18s8.
178 — Sabretache de Hussards, 1840.
179 — Vingt gibernes et banderoles, différentes époques.
180 — Tablier de sapeur.
181 — Un autre.
182 — Plusieurs pièces d'équipement.
183 — Cinq gibernes dont trois avec banderole.
184 — Lot d'épaulettes.
185 — Plumets.
186 — Six coffres de gibernes.
187 — Epaulettes et dragonnes divers modèles.
188 — Pièce d'harnachement non cataloguées.
189 — Fort lot de mors de Louis XIII à 1850.
190 — Pompons et plumets.
191 — Parties d'harnachement.
192 — Cocardes militaires.
193 — Selle, bride et fontes en velours cramoisi, brodé et pailleté or fin. Orient XVIIIe siècle.
194 — Deux couvre fonte, quatre pièces ceinturon et ourson.
195 — Quatre mors de brides.
196 — Bride d'officier des Guides.
197 — Accessoires militaires.
198 — Pompons divers.

CUIRASSES

199 — Cuirasse de cuirassier. Premier Empire.
200 — Cuirasse d'officier de Cent Gardes.
201 — Cuirasse de carabinier. Napoléon III.
202 — Cuirasse de cuirassier.
203 — Cuirasse de carabinier. Napoléon III.
204 — Cuirasse non cataloguées.

ARMES

205 — Epée d'Officier. Louis XV.
206 — Epée en argent à facettes. Louis XVI
207 — Epée garde fer ajourée. XVIIIe siècle.
208 — Trois sabres d'Officier de Cavalerie légère. Louis XVI.
209 — Sabre, garde cuivre, à soleil rayonnant. Louis XVI.
210 — Sabre d'Officier d'Infanterie. Louis XVI.
211 — Glaive des Elèves de l'Ecole de Mars. Révolution.
212 — Sabre des Grenadiers royaux. Louis XVI.
213 — Sabre de patriote. Révolution.
214 — Trois briquets. Révolution.
215 — Glaive des Elèves de l'Ecole de Mars. Révolution.
216 — Sabre. Artillerie à pied. 1790.
217 — Pique. Révolution.
218 — Deux sabres. Révolution.
219 — Sabre d'Officier. Garde nationale. Révolution.
220 — Sabres non catalogués.
221 — Sabre d'Artillerie. Révolution.
222 — Sabre d'Officier. Consulat. Signé Boutet, manufacture de Versailles.
223 — Quatre sabres. Officier de Cavalerie légère. Premier Empire.
224 — Sabre de tambour maître. Premier Empire.
225 — Sabre d'Officier du 9e chasseurs. Premier Empire.
226 — Sabre de cavalerie.
227 — Sabres divers et épées.
228 — Sabre de cavalerie, dit de deuil.
229 — Poignée de sabre. Officier d'Etat-major. Premier Empire.
230 — Sabre d'Officier de cavalerie 1824.

231 — Six sabres de sapeur, caporal sapeur. Révolution, Consulat, Empire et et 1830.
232 — 3 pistolets à bayonnette XVIIIe siècle.
233 — Sabre d'Officier d'Etat-major 1848.
234 — Dix-neuf épées. Empire et Restauration.
235 — Deux couteaux arabes.
236 — Sabre de cavalerie légère. 1838.
237 — Huit bayonnettes et briquets variés.
238 — Neuf sabres divers.
239 — Latte de Treuil de Beaulieu.
240 — Dix-sept sabres. Premier Empire à 1870.
241 — Carabine, canon à pans, batterie silex. XVIIIe siècle.
242 — Fusil de rempart.
243 — Six pistolets, batterie à silex.
244 — Fusil arabe, ancien, garnitures argent.
245 — Tromblon, batterie à silex, fourreau cuivre.
246 — Pistolet à quatre canons.
247 — Sept pistolets à silex, divers et une éprouvette.
248 — Trois pistolets à piston.
249 — Mousqueton à silex.
250 — Fusil de chasse, à silex, à deux coups.
251 — Fusil de chasse à deux coups, à piston garniture en argent.
252 — Fusil modèle 1822 transformé.
253 — Petit canon, bronze.
254 — Petit mortier, bronze.
255 — Armes non cataloguées.

MINIATURES

GRAVURES, ESTAMPES, DOCUMENTS

256 — Miniature sur ivoire. Portrait présumé de Saint-Just.
257 — Miniature sur ivoire. Portrait de Napoléon Ier. s. Soiron 1810.
258 — Miniature sur ivoire. Portrait de Napoléon Ier. s. Noduit.
259 — Miniature sur ivoire. Portrait de Louis XVI.
260 — Miniature sur ivoire. Portrait de Louis XVIII.
261 — Miniature. Portrait de don Carlos V. s. don José Madrazo y Aguda.
262 — Deux fixés sous verre.
263 — Miniature sur cuivre. Portrait de femme.

264 — Gravo-miniature en couleurs. Manufacture Nationale. Fabrication particulière de Nécessaires à barbe et de rasoirs d'acier fin.

Très curieuse pièce, gravée en 1783 par Le Roy.

265 — Dessin au crayon. Portrait d'homme. XVIIIe siècle.

266 — Trois miniatures sur ivoire.

267 — Dessin colorié : Monument offert par Alfred de Senecterre, capitaine du Génie, à Son Excellence le duc de Gastiglione (Augereau-Arcole). s. et daté du 7 février 1811.

268 - Vues d'optique, notamment : Cortège de Louis XVIII se rendant aux Tuileries, (pièce aux ballons). Bivouac des troupes Russes aux Champs-Elysées à Paris. Translation à Saint-Denis des corps de Louis XVI et de Marie-Antoinette. Vue et perspective de la revue de la Maison du Roy dans la plaine des Sablons, etc.

269 — Lithographie coloriée. Poniatowsky.

270 — Intéressante sépia : Fédération des Français dans la Capitale de l'Empire le 14 juillet 1790. Vue du Champ de Mars à l'instant du Serment ($0^{m}95$ sur $0^{m}62$).

271 — Deux remarquables aquarelles sous verre, représentant en tableaux synoptiques la tenue des : Six régiments de Chasseurs à cheval, 1787. Six régiments de Hussards, 1787. Vingt-quatre régiments de Dragons. 1787.

Attribué à Carle Vernet.

272 — Affiche d'enrôlement polychrome, régiment de Royal-Champagne. XVIIIe siècle.

273 — Plusieurs aquarelles.

274 — Quatre soldats, grandeur nature, imagerie : Chasseur à pied, Infanterie de ligne, Grenadier et Guides.

275 — Affiche : Capitulation de Paris : 1814.

276 — Deux sous verre : Grenadier et Fantassin. L. Philippe.

277 — Gravures diverses en noir et en couleurs.

278 — Deux gravures en couleurs. Martinet.

279 — Estampe sous verre : Fête donnée aux Grenadiers Russes par les Grenadiers de la Grande Armée.

280 — Lot important de congés, brevets, documents divers.

281 — Recueil De Chansons de Table et de Compagnies. Chansons de Guerre et sur les Amours Militaire avec plusieurs de Matelots mise à la suite à Calais, le 7 mars 1785, *manuscrit du temps renfermant une gravure fac-simile d'affiche d'enrôlement du régiment de Vivarais).*

282 — Plan des environs de Paris, 1804.

283 — Quarante programmes des fêtes données au Cercle des Mirlitons (Union Artistique) pendant les années 1867-1872

1873-1874 et 1876 à 1886 inclus. Illustrations de Detaille, Clairin, Tenré, Arcos, etc.

284 — Réunion de programmes de fêtes mondaines.

285 — Vingt billets d'entrée pour les Palais ou Théâtres de : royal Italien, 1827, quatre pièces; royal de l'Odéon, deux pièces, 1827; Palais de Saint-Cloud, une pièce, 1844; Conservatoire de musique, loge du roi; Palais de Versailles, une pièce, 1837; Salle Ventadour, 1858; Théâtre Français, deux pièces; Opéra-Comique, trois pièces, 1827; Théâtre de l'Opéra, 4 pièces, 1828.

286 — Huit plans de places fortes, avec figurines, XVIIe siècle.

287 — Documents variés.

288 — Onze pièces intéressant la tenue des Cent Gardes, par Lalaisse et autres, imageries d'Epinal etc.

289 — Plusieurs gravures en noir et en couleurs (seront divisées).

290 — La Garde Impériale par Fallou, un vol. broché.

291 — Trois dessins coloriés par Baugnies : Infanterie XVIIe siècle; Gendarmerie et portrait de Latour d'Auvergne.

292 — L'escadron des Cent Gardes par Verly, un vol. relié.

293 — Voyage des frères Bacheville capitaines de l'ex-garde (manuscrit d'un ouvrage rare relatif à la Terreur).

294 — Onze sujets variés « Bardin et autres).

295 — Imagerie de troupes du Second Empire, papier à lettre, etc., etc.

296 — Lots d'assignats.

297 — Estampes, gravures, non cataloguées.

BRONZES D'ART

CUIVRERIE D'AMEUBLEMENT, OBJETS DE FERRONNERIE, PLAQUETTES, MÉDAILLONS

298 — Buste de la République bronze patine brune, 1793.
Haut. : 0m25; Larg. : 0m12.

299 — Buste du roi de Rome, bronze, patine brune.

300 — Statuette du roi de Rome, bronze.

301 — Buste de Frédéric le Grand, bronze sur socle marbre.

302 — Statuette de Napoléon Ier, bronze, patine brune.

303 — Plusieurs figurines de généraux et d'officiers de l'Empire de la Restauration.

304 — Cinq blouses de billard, variées, bronze en partie doré au petit chapeau et une laurée.
305 — Plaque en fonte « Sans culotte, 1793 ».
306 — Plaque en fonte « Grenadier, 1808 ».
307 — Deux flambeaux en cuivre gravé et ciselé.
308 — Brûle-parfums japonais.
309 — Réunion de crochets de tabliers et de porte-montre, en cuivre ciselé, XVIIIe et XIXe siècles.
310 — Différents bronzes d'art.
311 — Quatre crochets à l'effigie de Napoléon Ier.
312 — Heurtoirs et marteaux de portes du XVe au XIXe siècles.
313 — Lot important d'entrées de meubles et de serrures, dorées et ciselées, du XVIIIe siècle à la Restauration.
314 — Quantité de bronzes d'ameublement : chutes, sabots, poignées, appliques et garnitures diverses, dorées et ciselées du XVIIIe siècle à la Restauration.
315 — Environ trente médaillons, plaquettes, en cuivre, étain, airain et autres, à scènes historiques, bibliques et mythologiques.
316 — Cuivrerie d'ameublement variée.
317 — Médaillon représentant Franklin, en terre cuite, s. Nini 1777.
318 — Un autre en plaqué argent.
319 — Boutons de portes et clous ouvragés du XVe au XIXe siècle.
320 — Clefs de portes et de meubles, targettes et verroux.
321 — Pelles à chaufferettes.
322 — Objets de ferronnerie divers.
323 — Cuillers en bronze antique.
324 — Fibules, agrafes, boucles, ornements et outils divers. Gallo Romains et Mérovingiens.
325 — Six têtes de sphynx, bronze en partie dorée. Empire.
326 — Plusieurs pièces armoriées.
327 — Figurine de la République, bronze, 1830.
328 — Anciens cadenas.
329 — Plaquettes différentes.
330 — Bouclerie.
331 — Bossettes de mors. Louis XIV à la Restauration.
332 — Anciens cadenas.
333 — Mascarons et autres pièces, sous leur ancienne dorure, d'après JEAN GOUJON, XVIIe siècle.
334 — Réunion d'ex-voto.
335 — Médailles et médaillons non catalogués.
336 — Porte-cigares en fer ouvragé, avec fine figure de Napoléon.
337 — Fer de relieur à l'effigie de Napoléon Ier.

338 — Pièces de monnaie ancienne.
339 — Coffret en fer, fermeture à secret, XVIe siècle.
340 — Agrafe d'épée, en fer gravé, XVIIIe siècle.
341 — Briquet en fer, XVIIIe siècle.
342 — Plusieurs bronzes, sujets fantaisistes.
343 — Deux statuettes bronze.

OBJETS DIVERS

344 — Canne de Tambour-major, pomme et chaînette en argent. Consulat.
345 — Deux cannes de Tambour-major. Garde Nationale.
346 — Paire de bottes de postillon. XVIIIe siècle.
347 — Gourde en coco à l'effigie de Napoléon Ier.
348 — Coulant en cuivre de parapluie, à sujet 1848.
349 — Encrier Empire.
350 — Collection comprenant environ 1.000 boutons militaires Français de Louis XIV à 1852. (Sera divisé).
351 — Plusieurs boutons et double-boutons à figurines.
352 — Plusieurs sonnettes à figurines et autres, dont une à panse ornée de dessins polychromes et surmontée d'une statuette de Napoléon Ier.
353 — Trompette de Cavalerie. Garde Impériale. Sax. Napoléon III.
354 — Blague à tabac à soufflet, à l'effigie de Napoléon Ier.
355 — Deux tabatières différentes : « Au petit chapeau. »
356 — Tabatières 1830 et autres.
357 — Boîtes, bonbonnières XVIIIe siècle à 1830.
358 — Plusieurs coulants en cuivre de parapluie, à sujets Louis XVI à 1830.
359 — Cachets militaires et civils.
360 — Galon de tambour. Premier Empire.
361 — Mouchoir imprimé. Satire contre les jésuites.
362 — Mouchoir imprimé. Les 363.
363 — Clefs de montres historiées. Louis XVI à 1830.
364 — Quantité de souvenirs napoléoniens.
365 — Médaillon Sèvres : le Prince Impérial.
366 — Médaillon Sèvres : l'Impératrice Eugénie.
367 — Balances anciennes et séries de poids.
368 — Coco ouvragé.
369 — Neuf têtes en bois en partie doré, sphynx. Empire.
370 — Plusieurs boussoles.

371 — Huit matrices militaires françaises, dont une de schako, plaque à soubassement. Premier Empire (royaume d'Italie).

372 — Moules et matrices divers.

373 — Deux haches et 1 tablier de sapeur.

374 — Chatelaine en acier XVIIIe siècle.

375 — Grande cuiller à long manche en étain gravé.

376 — Bouteilles et pichets à l'effigie de Napoléon Ier.

377 — Deux statuettes militaires en plâtre colorié : Porte-drapeau et grenadier.

378 — Boutons divers.

379 — Tambour de la Garde Nationale, 1792.

380 — Pendule mignonette en bronze doré. Sujet : Napoléon Ier.

381 — Sujet fonte : Napoléon Ier au mont Saint-Bernard, coloris du temps.

382 — Pomme de cravache trouvée sur le champ de bataille de Montmirail, représentant autour du pommeau quatre soldats de l'Empire et Napoléon Ier dominant.

383 — Pipe dont le foyer est formé par la tête de Napoléon Ier.

384 — Quatre tabatières en corne historiée, dont une très bien conservée représente la translation des Cendres.

385 — Grande croix de la Légion d'honneur dorée formant cadran de pendule.

386 — Plusieurs tabatières en coco, à l'effigie de Napoléon Ier.

387 — Croix de la Légion d'honneur en fer.

388 — Paters.

389 — Quatre couteaux et un canif représentant Napoléon Ier.

390 — Collection de boutons civils du XVIIIe siècle à l'Empire, à miniatures, fixés. Révolutionnaires et autres.

391 — Collection de boutons militaires français XVIIIe siècle à 1830.

392 — Boutons armoriés.

393 — Objets omis au présent Catalogue.

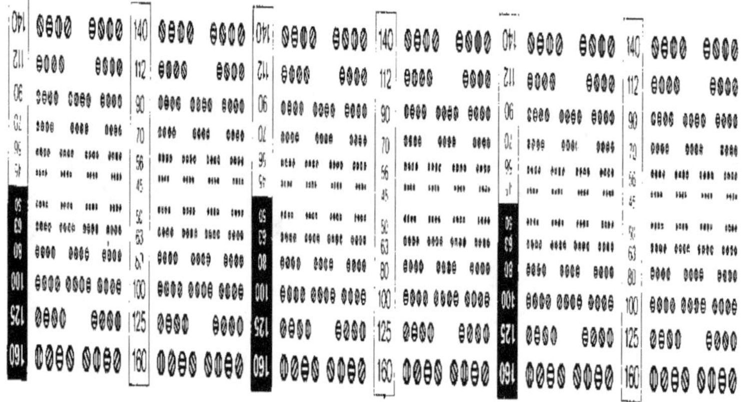

MIRE ISO N° 1
NF Z 43-007
AFNOR
Cedex 7 - 92080 PARIS-LA-DÉFENSE

graphicom
379.89.70

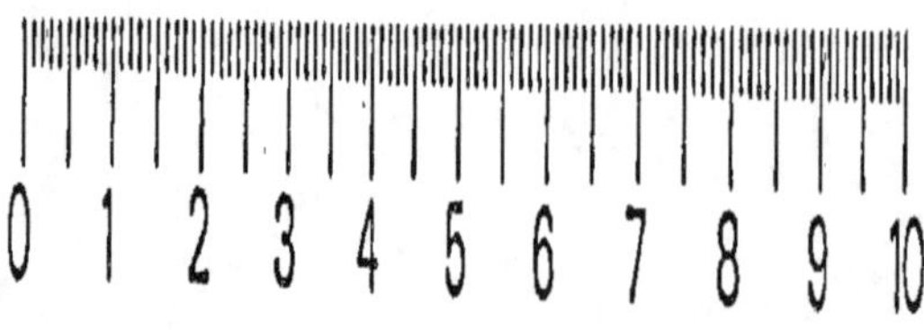

BIBLIOTHEQUE
NATIONALE
DE FRANCE
****
CHATEAU
DE
SABLE
1996

www.ingramcontent.com/pod-product-compliance
Lightning Source LLC
LaVergne TN
LVHW050227180726
843501LV00013BA/3217

* 9 7 8 2 3 2 9 3 2 9 9 2 5 *